« Le Code de la propriété intellectuelle et artistique n'autorisant, aux termes des alinéas 2 et 3 de l'article L.122-5, d'une part, que les « copies ou reproductions strictement réservées à l'usage privé du copiste et non destinées à une utilisation collective » et, d'autre part, que les analyses et les courtes citations dans un but d'exemple et d'illustration, « toute représentation ou reproduction intégrale, ou partielle, faite sans le consentement de l'auteur ou de ses ayants droit ou ayants cause, est illicite » (alinéa 1er de l'article L. 122-4). Cette représentation ou reproduction, par quelque procédé que ce soit, constituerait donc une contrefaçon sanctionnée par les articles 425 et suivants du Code pénal. »

© Mise en page, illustrations et couverture Sandrine KRIKORIAN

© 2020 KRIKORIAN, Sandrine
Édition : BoD – Books on Demand, 12/14 rond-point des Champs-Élysées, 75008 Paris
Impression : BoD - Books on Demand, Norderstedt, Allemagne
ISBN : 9782322239191
Dépôt légal :   décembre 2020

Les quatre mousquetaires pagnolesques.

A mes parents,

de tout mon coeur et avec tout mon amour...

Avec une dédicace spéciale :

à Marseille, à la Provence et à leurs auteurs !

E longo maï !

Sandrine KRIKORIAN

Les quatre mousquetaires pagnolesques

Rencontre avec les quatre mousquetaires pagnolesques.

Lorsque l'on écrit de la littérature romancée, on s'imprègne toujours un peu de la réalité quotidienne et de ce qui se passe dans la vraie vie. Les personnes que nous rencontrons sont une source d'inspiration. Les choses que nous avons vécues également. Mais aussi les histoires qui nous sont racontées. Je vais donc vous narrer quelques-unes des anecdotes que l'on m'a révélées et reproduire des textes que l'on m'a confiés.

Mais mes sources - par pudeur toute marseillaise et provençale - tiennent à conserver l'anonymat et m'ont donc demandé de faire en sorte de ne pas être reconnues. Néanmoins, avec leur autorisation, permettez-moi de vous les présenter tour à tour, affublées de pseudonymes choisis après de nombreuses concertations. Peut-être cela vous rappellera-t-il quelque chose d'ailleurs... Mais respectez leur désir de garder un peu de mystère et leur envie de passer sous silence leur véritable identité. Pour résumer, ne cherchez surtout pas à savoir de qui il s'agit, c'est classé secret-défense.

Voici donc nos chers protagonistes. Ce sont quatre hommes, entre deux âges, qui se sont connus *pitchounets*. Contre vents et marées, ils sont et restent de vrais amis. Ils se réunissent souvent autour d'un bon repas où chacun apporte son plat préféré...

Déjà, quand ils étaient *minots*, leurs proches les appelaient les « Inséparables ». Personnellement, depuis que je les connais, je leur ai choisi un autre surnom, plus littéraire celui-ci : les « quatre mousquetaires pagnolesques »... Plus que des amis, ils s'aiment comme des frères. Parfois ils *s'engatsent* peut-être un peu les uns contre les autres – à qui cela n'arrive pas ? -, mais c'est rare et, en définitive, tout s'arrange ; il n'y a jamais de véritable *engàmbi* entre eux.

Le premier s'appelle Monsieur *Blond*. À Marseille, vous le savez sans aucun doute, *Blond* est une appellation familière, une interjection. Mais vu qu'il est très souvent vêtu d'un costume et d'une cravate, alors ses collègues ont ajouté « Monsieur » devant. Un véritable oxymore ce pseudonyme ! Et ce n'est finalement pas étonnant car c'est l'intellectuel de la bande. On peut dire qu'il en a dans le *teston* celui-là ! Ce que j'apprécie tout particulièrement chez lui ? Grâce à son charisme, le cadre et le cap sont fermement maintenus. C'est aussi celui qui a le plus de classe et de charme. Et pour l'avoir vu à l'œuvre, je peux vous assurer qu'il en fait tourner des têtes ! Il a l'intelligence fine et l'ingéniosité d'Aramis, mais sans en avoir – fort heureusement ! - l'odieuse hypocrisie ni la détestable fourberie. Monsieur *Blond*, comme ses amis, est né à Marseille, où il a passé son enfance et son adolescence. Puis, il a fait ses études à l'université d'Aix-en-Provence avant de trouver un travail… Mais ce travail – *pecaïre* ! -, c'est à Lyon qu'il l'a trouvé. Il s'est donc expatrié là-bas quelques temps pour être vérificateur des douanes fluviales. L'avantage ? Il a pas mal d'anecdotes à raconter à ce sujet. Il faut dire aussi que c'était tellement triste pour lui de vivre dans le Grand Nord. (Oui parce que, à Marseille, au-dessus d'Avignon, c'est déjà un peu le Nord, et qu'à partir de Lyon, c'est carrément le Grand Nord !) Alors, il a essayé d'égayer son quotidien et celui de ses collègues de travail en y mettant un peu d'*estrambord*. Cependant, cela ne faisait pas six mois qu'il avait quitté le Sud que, las de vivre dans le continuel brouillard qui enveloppe l'ancienne *Lugdunum*, il a démissionné de son poste et a tout lâché pour revenir dans sa Provence et sa ville natales, là où l'éblouissant soleil règne et où la mer scintille. Il est désormais vérificateur des douanes, mais maritimes cette-fois-ci, dans le quartier de l'Estaque. Son péché mignon gastronomique ? La *pompe à l'huile…* d'olive bien entendu. Et quand il en mange un peu trop, ses amis l'appellent le *Fadoli*.

Puis vient Félix *Esquichefigue*, le *caganis* de la bande. Marin de formation, il est actuellement employé à la Régie des Transports Marseillais et, en bon capitaine de bord, dirige la navette maritime qui sillonne les côtes Massaliotes : l'Estaque, le Vieux-Port, la Pointe-Rouge, les Goudes. Il m'a lui-même demandé de le présenter sous ce pseudonyme-là puisque c'est comme ça que ses collègues l'appellent. D'où lui vient son surnom ? Je n'en sais rien. J'ai pourtant cherché à l'apprendre mais, malgré mes nombreuses demandes et mon insistance, aucun des quatre amis n'a voulu me dire pourquoi… Je peux juste vous dire que, quand ils en parlent, tous éclatent de rire. Et qu'il est impossible de freiner leur fou rire… Impossible aussi de leur tirer les vers du nez. Enfin, pour l'instant, car, il faut le dire, je suis un peu (voire beaucoup) *testarde* et j'ai plus d'une corde à mon arc ; je ne m'avoue donc pas vaincue pour autant… Bref, malgré ce secret, je ne pouvais lui refuser ce petit plaisir et je me suis donc exécutée bien volontiers. Ce que j'apprécie tout particulièrement chez lui ? Il dit ce qu'il pense avec bienveillance et authenticité. Il est fiable et digne de confiance, optimiste et positif, débordant de joie de vivre et donne toujours le sourire aux autres. On ne dirait pas comme ça à le voir car il est très communicatif et très sociable, mais je peux vous assurer qu'il est extrêmement sensible. Pour résumer, Il est l'âme du groupe. Il a le cœur de Portos ainsi que sa loyauté, mais sans en avoir – fort heureusement ! – la profonde crédulité ni l'occasionnelle fatuité. Son péché mignon gastronomique ? La *bouillabaisse*. Certaines mauvaises langues disent même qu'il attache tous les jours ses filets de pêche à son bateau pendant ses traversées le long de la côte mais qu'il n'a pas encore réussi à attraper un seul poisson… Le connaissant intimement, je sais que rien n'est plus faux et je puis vous assurer que cette rumeur est totalement infondée. Je m'empresse donc de rétablir la vérité et de réhabiliter sa réputation. Il s'agit en fait d'une simple *galéjade* qu'il a faite la première année où il a commencé à transporter les usagers des transports urbains marseillais par bateau : c'était pour le 1er avril… Son plus grand secret, jalousement gardé pendant deux siècles (je suis d'ailleurs la première à qui il en ait parlé en dehors de sa famille et de son petit cercle d'amis intimes) : il est l'arrière-arrière-arrière-arrière petit-fils du fils caché du capitaine du bateau qui a bouché le port de Marseille. Vous savez, la fameuse sardine…

Notre troisième larron est Honoré *Fregi*, appelé aussi par ses amis Honoré *Chichi*, ou Maître *Chichi* quand ils font appel à ses compétences littéraires. C'est Félix *Esquichefigue* qui, pour la première fois, l'a surnommé ainsi en voulant faire un jeu de mots piquant qui caractérise son humour (même, s'il faut l'avouer, celui-ci, bien que coquin, est quelque peu facile…). Comme ses amis, lui aussi habite et travaille à Marseille où il est maître-voilier. C'est l'heureux propriétaire d'un magasin qui a été transmis dans sa famille depuis sept ou huit générations, de père en fils. Il est un peu comme le porte-parole de la bande. Ce que j'apprécie tout particulièrement chez lui ? Il fait preuve d'une grande sagesse et de droiture. Il a la discrétion et l'intégrité d'Athos, mais sans en avoir – fort heureusement ! - le profond pessimisme ni l'ascétisme exagéré. Sa passion : l'écriture, grâce à laquelle il met à l'honneur sa ville et sa région. Il compose des textes en tous genres. Il a mis par écrit les histoires que lui a racontées ce *fadoli* de Monsieur *Blond* alors qu'il vivait à Lyon. Il note toutes les plaisanteries que dit Félix *Esquichefigue* (et, croyez-moi, il y en a un *moulon* !). Parfois aussi il se plaît à détourner des classiques de la littérature française et/ou provençale, comme par exemple des scènes connues de pièces de théâtre. Il les fait alors interpréter par son cousin au troisième degré, *Jobastre-Calu*, qui les déclame devant un parterre de spectateurs plus ou moins nombreux, et qu'il *espante* toujours. C'est Maître *Chichi* qui m'a confié ses notes manuscrites afin que je les transcrive et les présente dans ce livre… Vous avez peut-être deviné quel est son péché mignon gastronomique. Les *chichis fregi* bien entendu, ainsi que les *panisses* ! Pour lui, les deux sont indissociables… Avec un nom et un surnom pareils, quoi de plus naturel ?

Enfin, le dernier du groupe s'appelle Jules-César. Eh oui ! Ne vous frottez pas les yeux, vous avez bien lu ! Jules-César… C'est le neveu de *Marius Olive*, le patron du *Bar des Gabians* qui donne directement sur le port. Ses amis l'appellent en général *Jobastre-Calu*, en référence aux initiales de son prénom composé et parce que c'est un vrai *fada*. D'ailleurs, même s'il ne le dit pas trop, en réalité, il aime bien qu'on l'appelle ainsi. Durant son temps libre, il joue parfois les acteurs en récitant les tirades ou en contant des textes que Maître *Chichi* a écrits. C'est un peu le *tchatcheur* du groupe. Ce que j'apprécie tout particulièrement chez lui ? Son langage direct et sans détour. Il ressemble à d'Artagnan dans sa vaillance et sa bravoure mais sans en avoir – fort heureusement ! – l'exaspérante fanfaronnade ni l'ambition démesurée. Lui aussi a son péché mignon gastronomique : l'*aiòli* (qu'il évite - et on l'en remercie ! - de manger avant toute représentation théâtrale…). Tout comme Félix *Esquichefigue*, il a également un grand secret de famille qui est de plus en plus connu et par là même, en toute logique, de moins en moins secret… En réalité, il est un descendant direct de Jules César (d'où son pseudonyme). Grâce à lui je sais que, contrairement à ce que l'on nous apprend en cours d'histoire à l'école, ce général romain, né durant le mois de juillet et soi-disant mort au mois de mars lors des ides, n'a en fait jamais été occis. Sa fausse mort a été orchestrée et mise en scène par *Marcus Junius Brutus Caepio*, connu sous le simple nom de *Brutus*, que l'on accuse depuis injustement du meurtre. Ce fut la première expérience du grand Jules César dans le théâtre, expérience couronnée du succès qu'on lui connaît. Même si son secret de famille commence à être éventé depuis quelques temps maintenant (et largement porté au loin par le mistral…), *Jobastre-Calu* m'a confié quelque chose que beaucoup ignorent : le sang qui coulait du corps de Jules César n'était en fait que du *garum* mélangé à de l'ocre jaune chauffé afin de lui donner la couleur rouge… S'étant enfui sous une autre identité, il a ainsi pu prendre une retraite anticipée qu'il a consacrée au théâtre, fort de sa magnifique première et unique représentation publique, auréolée de gloire et encore connue de nos jours notamment grâce à sa célèbre réplique « *Tu quoque, mi fili !* ». Et il a laissé en héritage à certains membres de sa famille (uniquement ceux nés comme lui au mois de juillet - allez savoir pourquoi !) un goût certain pour la comédie...

C'est dans leur quartier général, le *Bar des gabians*, que les quatre collègues ont l'habitude de se retrouver régulièrement et de partager de bons moments en parlant de tout et de rien, de leur ville et de leur région, et surtout – bien évidement ! - de leur club de foot. Oui, parce que, à Marseille, on le sait, chaque supporter est un entraîneur – officieux certes, mais un entraîneur quand même... Nos quatre *collègues* donc commentent les matchs, les buts et les performances (ainsi que les *cagades* et contre-performances...), les comportements et réactions des président, directeur sportif, joueurs et entraîneur (officiel cette fois-ci), le tout le plus souvent autour d'un bon repas pour une plus grande convivialité.

Depuis peu, ils m'ont fait l'immense faveur, jamais accordée à quiconque, de m'inclure dans leur petit groupe de temps à autres. Faveur, croyez-le bien, que je sais apprécier à sa juste valeur. Une touche féminine lors de leurs réunions m'ont-ils dit, n'est pas faite pour leur déplaire, et, ont-il admis, ne leur ferait certainement pas de mal... Et après avoir assisté à quelques-unes de leurs réunions, je confirme, ça ne leur fait vraiment pas de mal... C'est donc autour d'une table du *Bar des gabians*, toujours la même (d'ailleurs leurs noms sont gravés dessus au couteau), que je rencontre nos chers amis. Et, vous pouvez me croire, ces rencontres sont *cafi* d'anecdotes et d'histoires en tous genres plus intéressantes les unes que les autres.

Mais à quoi ressemble exactement le *Bar des gabians* ?

C'est un bar qui ressemble à beaucoup d'autres bars avec fort logiquement des tables, des chaises et un comptoir avec, derrière le zinc, un patron servant ses clients. Des clients très nombreux lors des retransmissions télévisuelles des matchs de football. Enfin, pas n'importe quels matchs. Ils viennent voir, dans une ambiance chaleureuse et *boulégante*, leur équipe, l'Olympique de Marseille. L'OM… Leur OM… Ce qui leur permet de crier leur joie et leur amour pour leur club, de le partager avec d'autres amoureux du ballon rond, mais aussi de *rouméguer* et de *rouscailler* ainsi que de s'*engatser*, en particulier contre l'arbitre !

Mais en même temps, il s'agit d'un bar qui ne ressemble à aucun autre. Il est unique. Sa décoration est spéciale : sont placardés sur tous les murs les neuf commandements des Marseillais (et des Marseillaises bien entendu) et les neuf commandements du supporter marseillais (et évidement de la supportrice marseillaise). Respectivement sous-titrés « Tu sais que tu es Marseillais quand… » et « Tu sais que tu es *fada* de l'OM quand… », ils sont le fruit de leur collaboration et de leur réflexion communes. Écrits par Maître *Chichi* et validés par le reste du groupe, ils décorent aujourd'hui tout le bar à la demande de l'oncle de Jules-César, pardon de *Jobastre-Calu*, qui les a trouvés fort à son goût…

Vous voulez les connaître ? Alors, il ne vous reste qu'une chose à faire : tourner la page et poursuivre la lecture de cet ouvrage…

Les neuf commandements des Marseillais...

Tu sais que tu es Marseillais/Marseillaise quand…

• Ta devise est « *Je crains dégun* » et, qu'en effet, tu crains *dégun*…

• Pour toi, « *putain* » n'est pas un gros mot mais une interjection ou un signe de ponctuation, remplaçant tantôt la virgule tantôt le point d'exclamation, et que tu es capable de l'employer à peu près quinze fois par minute (sans aucune exagération marseillaise…).

• Quelle que soit ta religion, tu t'adresses à la Bonne Mère… et surtout qu'elle répond à tes prières !

• Tu considères le marseillais comme ta langue maternelle et le français comme une sorte de patois un peu bizarre car bien moins chaleureux et surtout bien moins imagé, parlé dans le reste du pays…

• Tu écris pneu que tu prononces « *peuneu* », et que tu crois que tout le reste de la France se trompe en disant « pneu »… Et même si de toute façon, c'est toi qui te trompes, tant pis, tu as quand même raison, parce qu'à Marseille, on a toujours raison…

• *Peuchère*, *mèfi* et *mi nègui* font partie de tes expressions favorites…

• Tu dis : « Les *minots* et les *minottes*, à Marseille, eh *bé*, ils jouent au ballon et aux *taraïettes*… » (et que la structure de cette phrase te semble grammaticalement correcte…).

• Tu comprends parfaitement, voire tu emploies, la phrase suivante : « Oh *Putain* ! Qué *pastis* ! *Tè* ! Regarde-moi un peu le *oaï* que tu as mis dans la *pile* ! Espèce d'*ensuqué* va ! Qu'il est *mouligasse* celui-là alors ! Au lieu de te *radasser*, lève-toi un peu le *tafanàri* et mets-moi toutes ces *bordilles* à la balayure ! Allez, *zou* ! »…

• Tu regardes **Questions pour un champion** et qu'à la question « Comment appelle-t-on le plus jeune enfant d'une fratrie ? », tu réponds : le *caganis*…

Les neuf commandements du supporter marseillais...

Tu sais que tu es *fada/fadade* de l'OM quand…

• Tu prononces les mots et expressions « Droit au but », « À jamais les premiers » et que tu es « Fier d'être Marseillais / Fière d'être Marseillaise »…

• Tes premiers mots ont été « Maman », « Papa » et « Allez l'OM ! »…

• Ton chant de guerre est : « Aux armes. / Aux armes. / Nous sommes les Marseillais. / Nous sommes les Marseillais. / Et nous allons gagner. / Et nous allons gagner. / Allez l'OM. / Allez l'OM. / Allez l'OM. / Allez l'OM. / Oh oh oh oh oh oh oh oh oh ! ».

• L'OM est ta religion, le Vélodrome est ton église, ta mosquée, ta synagogue, ton temple…

• Pour toi, la Sainte Trinité c'est Gunnar Andersson, Josip Skoblar et Jean-Pierre Papin…

• Tu vois le sketch de Patrick Bosso, qui s'appelle « OM (le supporter) », et que tu dis que tu as déjà vécu cette scène dans la vraie vie quand tu vas au stade (et pas qu'une fois !), voire que Bosso s'est carrément inspiré de toi pour écrire son sketch…

• Le mercredi 26 mai 1993 est l'un des plus beaux jours de ta vie… (suivi de près par le 29 mai de la même année avec la *roustasse* qu'on a foutue au PSG et qui nous a permis d'être une fois de plus champions de France).

• Tu peux dire, presque à la minute près, ce que tu as fait et avec qui le 26 mai 1993…

• Pour toi, les initiales B.B. sont celles de Basile Boli…

Le nez de Cyrano "à la sauce provençale"...

Parmi les auteurs provençaux et marseillais célèbres, il en est un que l'on oublie souvent. Sait-on d'ailleurs même seulement qu'il est Marseillais ? Il s'agit d'Edmond Rostand.

Ce poète et auteur dramatique est né dans la ville de Marseille le 1ᵉʳ avril 1868.

*Commandeur de la Légion d'honneur, l'auteur de l'*Aiglon *a été élu membre de l'Académie française le 30 mai 1901.*

Sa ville natale ne l'a pas oublié puisqu'une rue, qui longe la Préfecture, porte son nom.

S'il est l'auteur de plusieurs ouvrages, l'un d'eux lui est incontestablement associé : Cyrano de Bergerac *et sa fameuse tirade du nez*[1].

---

[1] Le texte original est reproduit en annexes.

Ah ! Non, c'est un peu court, *tronche d'aï* !
On pouvait dire... Oh *Bonne Mère* ! Un *moulon* de choses, *vaï* !
En variant le ton, par exemple, *tè vé* :

Agressif : Moi, *Garri* ! Si j'avais ton nez
Je voudrais qu'on me foute un *bendèu* pour me l'arranger !

Amical : Tu dois facilement sentir l'odeur de la cuisine à la
barigoule
Surtout que, dans nos bons plats, on y met beaucoup de
farigoule...

Descriptif : C'est un roc, c'est un pic, c'est un cap !
Que dis-je, c'est un cap ? C'est une calanque !

Curieux : De quoi sert cette éminente planque ?
D'écritoire, *Garri*, ou de route vers Gap ?

Gracieux : Aimes-tu à ce point les bartavelles et les huppes
fasciées
Qu'à aucun moment tu n'as songé
Qu'en se posant dessus, elles pourraient te l'*esquicher* ?

Truculent : Ça, *Garri*, quand tu finis par t'*engatser*,
La vapeur te sort-elle du nez
Sans qu'un voisin ne crie « Oh ! Calme-toi ! *Zè* ! » ?

Prévenant : Prends garde que ta tête par son poids emportée
Par terre ne rende ta figure complètement *rointée*.

Tendre : Quand on veut te faire un *gâté*,
Dans le cou, il doit picoter…

Pédant : L'odeur seule de ce plat, *Garri*, que de la Provence les *estrangers*
Appellent benoîtement mayonnaise
Est si aillée qu'on en crache du feu comme la bête mythique tarasconnaise[1].

Cavalier : Quoi, mais regarde-moi un peu ce nez, *Garri* !
Il est aussi grand que le plus gros *tafanàri* !

Emphatique : Aucun vent ne peut, nez magistral,
T'enrhumer tout entier, excepté le mistral[2] !

Dramatique : Il doit colorer la *Mare Nostrum* quand il saigne !

Admiratif : Pour les parfumeurs de Grasse, quelle enseigne !

Lyrique : Est-ce là un bâton de berger ? Êtes-vous le poète Mistral ?

---

[1] Maître *Chichi* m'a confié qu'il est bien conscient que les sources qui la mentionnent, allant de Jacques de Voragine à Frédéric Mistral, ne citent pas une tarasque crachant du feu. Il est néanmoins persuadé qu'elle le ferait si elle avait goûté le célébrissime *aiòli* de *Marius Olive* !

[2] Qu'Edmond Rostand, en bon compatriote, pardonne la citation exacte de ce passage, mais pas une meilleure formule n'aurait pu être trouvée…

Naïf : Ce tubercule, devient-il à un moment bestial ?

Respectueux : Oh ! *Garri* ! Permets que je prévienne tout un chacun
Qu'avec un nez comme le tien… eh *bè* ! On craint *dégun* !

Campagnard… provençal : *Tè* ! Je suis peut-être une *coucourde*
Mais qu'*es aco* ? Un navet géant ou une naine *coucourde* ?

Militaire : En tirant sur Paris
Il n'y a plus qu'à dire : « *Macàri* ! »

Pratique : C'est un véritable pilon pour faire ton *aiòli* !
Assurément, *Garri*, ti'es pas un *fadoli* !

Enfin, en un éclat de rire, et parodiant *Maistre Panisse* :
Le voilà donc ce nez qui, si je le presse,
Ne donnera pas du lait mais des *chichis* et *panisses* !

Voilà ce qu'à peu près, *Garri*, sans détresse,
Tu m'aurais dit
Si tu savais le marseillais… et un peu le provençal aussi.

Mais glottophobe et pourfendeur de l'identité provençale
Ô, le plus lamentable des êtres, d'esprit
Tu es dépourvu, tout comme ton intelligence bancale ;
Ainsi que de lettres, tu n'en as que trois qui forment le mot :
con !
Et pas celui de *Manon*…

Eus-tu eu, d'ailleurs, l'invention qu'il faut
Pour me sortir quelques-unes de ces *couillonnades*
Ou même toute cette *palanquée* de *galéjades*
Que tu n'en eus pas articulé le quart
De la moitié du commencement d'une, car
si, par autodérision, je fais parfois usage de verve
En riant de ma ville et de ma région à l'aide de ses mots
À aucun moment je ne permets qu'un autre me les serve
Car l'emploi, dans ta bouche, ne cause que des maux…

Je tiens à préciser que cette tirade a été écrite par Maître Chichi *après avoir entendu - une fois de plus, mais une fois de trop - quelqu'un se moquer de son accent...*

C'est Monsieur Blond *qui a imaginé cette réplique littéraire et qui en a donné l'idée à son ami.*

Pour la petite histoire, j'ai eu la chance d'avoir entendu cette tirade détournée récitée pour la première fois par Jobastre-Calu *au Bar des Gabians. Un pur régal !*

Son oncle l'a tellement aimée, qu'il a décidé de l'afficher sur la porte intérieure des toilettes pour hommes, après qu'une comparaison grivoise, faite par Félix Esquichefigue, *lui en a donné l'idée...*

En toute confidence, j'ose à peine imaginer les conversations entre ces messieurs suite à la lecture de cette tirade dans un tel lieu...

L'histoire du *papet*.

Au temps jadis, un *papet* annonça à ses petits-enfants qu'il aurait une surprise pour eux. En effet, chaque année, il avait pour habitude de leur raconter une histoire la veille de Noël. C'était une tradition familiale qui remontait à des générations et des générations avant lui. Son *papet* lui racontait des histoires, transmises par le *papet* de *son papet* et ainsi de suite… Et chaque *papet* de chaque génération narrait aussi des histoires de leurs crus.

Ce jour-là, le rituel était immuable. Tout d'abord, se déroulait la cérémonie du *cacho-fiò* durant laquelle une grosse bûche, dans les bras des porteurs criant « *Calendo vèn, tout ben vèn* [1] », était jetée dans l'âtre de la cheminée. Puis la bénédiction de la bûche avait lieu avec la même phrase rituelle :

« *Alègre ! Alègre !*
Mi Bèus enfant, Diéu nous alègre :
Calendo vèn, tout bèn vèn :
Diéu nous fague la graci de veire l'an que vèn !
Et se noun sian pas mai, que noun fuguens pas mens !
Cacho-fiò,
Bouto-fiò ! [2] »

---

[1] « Noël vient, tout bien vient. »
[2] « Allégresse ! Allégresse ! / Mes beaux enfants, que Dieu nous comble d'allégresse ! / Avec Noël, tout bien vient : Dieux nous fasse la grâce de voir l'année prochaine. / Et si nous ne sommes pas plus, que nous ne soyons pas moins ! / À la bûche / Boute feu ! ».

Et s'ensuivait le repas de Noël, le *Gros Souper*, où l'on trouvait sur la table recouverte d'une nappe blanche le blé planté le 4 décembre, jour de la sainte Barbe, et des plats salés. Qu'ils étaient appétissants ces escargots accompagnés de cardes et de céleri. Qu'elle était belle cette *muge* aux olives ! Un véritable repas de fête. Et ce n'était pas terminé puisqu'après venaient les desserts : la magnifique pompe à l'huile, le croustillant nougat noir et le collant, mais tout autant délicieux, nougat blanc, les noisettes, amandes, raisins secs, figues, noix, fruits… Les enfants s'en léchaient les babines.

C'était toujours après le souper et juste avant de partir pour la messe de Minuit que le *papet* rassemblait autour de lui ses petits-enfants pour leur raconter son histoire. Il était gentil le *papet*. Il pouvait être un peu bourru parfois, mais il adorait ses petits-enfants et il racontait les histoires comme personne d'autre ne le faisait.

Ce soir-là, il s'assit comme à l'accoutumée dans son fauteuil près de la cheminée, son éternelle pipe à la bouche. Il tira quelques bouffées, le temps que les enfants prennent place.

Une fois que tout le monde fut installé, le *papet* posa sa pipe et leur dit : « Cette année, je vais vous raconter une histoire que je n'ai jamais racontée à personne ». C'était donc ça la surprise dont il leur avait parlé ! À ces mots, les enfants, le regardèrent, les yeux écarquillés, la bouche ouverte, en attendant avidement que le *papet* continue.

Mais le *papet* aimait ménager ses effets et prendre son temps pour raconter ses histoires. Après tout, une belle histoire, ça se narre, ça se savoure. En un mot, ça se mérite. Il reprit donc sa pipe et tira encore plusieurs bouffées tant et si bien que ses petits-enfants, tout excités, le pressèrent.

Il reposa enfin sa pipe, puis se mit à parler d'une voix grave et sourde :

« Mes *pitchounets*, cette histoire que je vais vous raconter, m'est arrivée il y a quelques mois à peine. Je me promenais dans la campagne. C'était une belle journée de printemps. Le paysage était magnifique : le ciel bleu était parsemé de quelques nuages blancs cotonneux, tout respirait le soleil et nos bonnes odeurs provençales de thym et de romarin…

J'avais passé un moment à ramasser des herbes dont *Mamet* se sert pour cuisiner. J'étais content, la récolte était bonne et je savais que *Mamet* allait pouvoir nous faire de bons petits plats.

Cela faisait plus de trois heures que je marchais et même si j'ai toujours avec moi le bâton de berger que mon père m'avait donné, et sur lequel je m'appuyais, je commençais à être trempé de sueur car les températures étaient vraiment chaudes, même pour la saison, et j'étais très fatigué. Ma jambe commençait vraiment à me faire mal et je pensais que je n'arriverais pas à rentrer à la maison de sitôt.

Alors je décidais de m'arrêter et je cherchais un gros caillou plat sur lequel je pourrais m'asseoir, reposer mes vieilles jambes et même passer la nuit si c'était nécessaire. Je savais que *Mamet* ne se ferait pas de mauvais sang puisque cela m'est arrivé plus d'une fois. Au bout de plusieurs minutes je trouvais enfin ce que je cherchais. J'étais vraiment épuisé. Je m'assis donc pendant un long moment. Les heures passèrent cependant que je contemplais le paysage. De grands arbres s'élevaient devant moi. Et là, au milieu de notre belle nature provençale, j'étais seul au monde. Du moins, c'est ce que je croyais…

Au travers des arbres, je vis une silhouette se dessiner. Était-ce un homme ? Était-ce une femme ? Je n'en savais rien. C'était bizarre, étrange, mystérieux… La silhouette se rapprochait lentement et je finis par deviner, assez difficilement, ses vêtements. C'était étrange, mais j'étais certain que cette personne avait un chapeau, un peu comme le mien », ajouta le *papet* en montrant du doigt son propre couvre-chef accroché au porte-manteau près de la porte d'entrée.

Tous les enfants se tournèrent vers le chapeau en même temps comme un seul homme, la bouche grande ouverte, avant de fixer de nouveau leur grand-père.

« Plus la silhouette approchait, continua-t-il, plus je distinguais les habits. Mais je crus que le *cagnard* m'avait durement frappé sur la tête car je vis un chevalier portant en effet un chapeau, mais aussi une cape, un masque, des gants et une épée… ».

À ce moment-là, le *papet* s'interrompit et prit de nouveau sa pipe qu'il porta à ses lèvres. Dix secondes, vingt secondes, trente secondes, quarante secondes passèrent. Les enfants, n'y tenant plus, s'écrièrent tous d'une même voix :

- Et alors ?

- Et alors ? reprit le *papet* en marquant une pause. Eh bien… : « *Zorro est arrivé, hé, hé, sans se presser, hé hé. Le grand Zorro, le beau Zorro !* » chanta-t-il de sa voix de stentor et en se levant d'un bond, faisant mine de lancer un lasso.

« Puis, il m'a fait monter sur son cheval pour me ramener à la maison », termina-t-il en un éclat de rire et se rassit en adressant un clin d'œil à la *Mamet* qui, connaissant parfaitement son mari, était la seule à avoir deviné la fin…

C'est le père de Félix Esquichefigue *qui, étant jeune, a assisté à cette scène puisqu'il faisait partie des petits-enfants assis autour de l'ancêtre contant son histoire. Celui que nous appellerons donc ici « Monsieur* Esquichefigue *père » a donc, à son tour, raconté cette anecdote à son fils et à ses amis, ce qui les a fait beaucoup rire.*

Si je vous la relate à mon tour c'est parce qu'elle n'est pas si anecdotique que cela : Honoré Fregi, *en l'entendant, a eu pour la première fois l'idée d'écrire. Pour lui, la chute de l'histoire était tellement inattendue que cela méritait d'être consigné par écrit et conservé pour la postérité. Cela a donc marqué le début de sa carrière littéraire…*

Une chose est certaine : cette histoire et la façon dont elle se termine n'ont pas la finesse d'esprit de Monsieur Blond *ni même la grandiloquente tragédie qui sied à* Jobastre-Calu…

Mais au moins, maintenant, on sait d'où Félix Esquichefigue *tient son sens de l'humour parfois insolite !*

La nouvelle épopée de *Calendau* ou éloge épique à la littérature provençale...

Comme je l'ai mentionné au départ, Maître Chichi *est l'écrivain du groupe, il met sa plume au service de sa ville et de sa région. Et c'est un grand amoureux de littérature.*

Le texte qui suit prend la forme d'une épopée, celle de Calendal *(*Calendau *comme on l'appelle en* lengo nostro*), le héros mistralien.*

Maître Chichi *a choisi de reprendre l'idée générale du texte d'origine, celle d'un homme transfiguré en héros pour conquérir sa belle, en créant une histoire à partir des titres de livres de quatre grands littérateurs provençaux : Frédéric Mistral, Alphonse Daudet, Marcel Pagnol et Jean Giono.*

Et même si la situation sociale du nouveau Calendal *est plus élevée que celle du* Calendal *originel, c'est pour montrer que, devant l'amour et le désir de conquérir le cœur de celle qu'ils aiment, tous les hommes sont égaux...*

Tout comme sa tirade du nez « à la sauce provençale », Maître Chichi *a longtemps hésité avant de se décider à me remettre cette courte épopée. En effet, il n'est jamais aisé d'oser s'attaquer à de la grande littérature et encore moins de montrer le fruit de ce travail-là à quiconque.*

Détourner des œuvres classiques ! Quelle impudence ! diraient certains, non sans raison...

Il a finalement accepté de me confier ses différents textes et m'a demandé de prier les futurs lecteurs de faire preuve d'une grande indulgence pour sa prose et de n'y voir là rien de plus que ce souhait : rendre humblement hommage aux illustres écrivains de sa région et saluer sa Provence natale...

Les astres nocturnes ornaient le firmament et formaient un *Serpent d'étoiles* qui brillait et illuminait le ciel de Provence. À pas de loup, un homme filait dans la nuit. Avec l'agilité d'un félidé, il courrait dans les rues. D'un bond, il s'éleva dans les airs et grimpa les murs d'une maison où il arriva jusqu'au toit et continua sa course effrénée. La pleine lune éclairant parfaitement la ville, les quelques noctambules qui déambulaient le virent passer comme une ombre chinoise et reconnurent *Calendal*, qui n'était pas un antihéros comme *Tartarin de Tarascon*, et encore moins un *Schpountz* de cinéma. Il était vif et alerte, comme tous ses ancêtres militaires. C'est en raison de sa souplesse féline lui permettant une agilité hors du commun que son couple d'amis *Marius* et *Fanny* l'avaient rebaptisé : *Le hussard sur le toit*.

Calendal s'enfuyait, car il voulait réaliser un exploit comme l'avaient fait tous ses aïeux. Il se répétait souvent : « Je dois faire quelque chose digne de ma famille et surtout de la *Gloire de mon père* et je dois le faire en dehors du *Château de ma mère* ». Mais il refusait de le faire en suivant la même carrière militaire dans le même corps d'armée qu'eux, car cela ne lui ressemblait pas. Ses aspirations étaient différentes, largement plus pacifiques, bien qu'il eût été amené à porter l'uniforme militaire pendant des années. Refusant de suivre le *Grand troupeau*, tel un mouton de Panurge, il décida de prouver qu'il était capable de rendre à la *Reine Jeanne*, la *Coupo Santo* qui lui avait été volée quelques jours auparavant.

C'est qu'elle y était tellement attachée à cette coupe ! Elle l'appelait même son cher *Trésor du Félibrige*. De toutes les pièces d'orfèvrerie qu'elle possédait, c'était la plus chère à son cœur et elle avait promis, en récompense, une grande terre sur laquelle serait bâtie une belle maison à la personne qui lui rapporterait son plus précieux joyau. Il faut dire que c'était un objet de famille qui lui venait d'ancêtres catalans et dans laquelle elle versait son breuvage préféré, l'*Élixir du révérend père Gaucher*, un vin pur de son cru débordant de sa coupe et dont elle se délectait chaque dimanche midi. Cette boisson était d'ailleurs appréciée de tous ceux qu'elle recevait à sa table et plus particulièrement par le *Curé de Cucugnan*, qui acceptait toujours d'en boire un verre lorsqu'il se rendait au château pour son repas dominical avec la *Reine Jeanne*, sa lointaine parente.

Calendal voulait retrouver cette coupe pour prouver à tous ce qu'il était capable de faire et ainsi demander à la jolie Manon de l'épouser. La belle Manon... que tout le monde, de par sa faculté à découvrir les sources cachées dans la garrigue provençale, appelait *Manon des sources*. Et il devait le faire rapidement car, dans le cas contraire, on la marierait avec Ugolin qui avait, de moitié avec son *papet*, acquis les terres de *Jean de Florette*, le père de Manon. Et, *Calendal*, de son côté, serait contraint d'épouser l'*Arlésienne* pour des raisons d'alliances entre familles...

Il ne pouvait donc pas rester plus longtemps à garder le silence au risque de voir celle qu'il aimait en épouser un autre et lui même épouser une femme qu'il n'aimait pas... Surtout qu'il ne l'avait jamais vue, l'*Arlésienne* ! Tout le monde parlait d'elle et passait son temps à l'attendre. Mais en vain. Il ne pouvait vraiment pas se marier avec une telle femme. Et de toute façon, son cœur battait depuis fort longtemps déjà pour la délicieuse *Manon des Sources*…

En réalité, cela faisait longtemps que *Calendal* et Manon étaient amoureux et tous deux avaient même failli se fiancer par le passé. Néanmoins la vie les avait séparés et chacun avait dû continuer sa route de son côté. Mais c'était assez et cette séparation n'avait que trop duré, *Calendal* en avait bien conscience, et il ne pouvait plus attendre. Alors il s'était enfin décidé à se déclarer, mais il voulait pouvoir le faire en ayant quelque chose de concret à offrir à sa belle, quelque chose qui soit digne d'elle. Il savait qu'il était temps de lui avouer son amour toujours aussi fort. Le *Temps des Secrets* était fini. Il était enfin décidé et c'était maintenant le *Temps des Amours* qui commençait…

Il voulait donc retrouver cette *Coupo Santo* à tout prix et il savait qui pourrait lui dire où elle se trouvait… Il avait appris la veille que la *Chèvre de Monsieur Seguin* était morte – par sa faute l'imprudente ! -, dévorée par un loup, et que, dans les restes de son estomac, avait été retrouvée, non pas un bézoard, mais une pierre précieuse, une *Topaze*, chose d'une exceptionnelle rareté. Or cette pierre devait permettre de délivrer le curé de son village des *Trois messes basses* auxquelles il avait été condamné pour péché de gourmandise, tout autant qu'elle empêcherait une quelconque récidive. Grâce à cette pierre, il serait désormais protégé de toute tentation…

Calendal courrait à travers la ville, les champs et les collines environnantes pour retrouver l'objet volé et pour échapper à ceux qui ne manqueraient pas de se lancer à sa poursuite, car il avait emprunté, sans le consentement de son propriétaire, la *Mule du pape*, la célèbre monture du souverain pontife. Il comptait bien sûr la lui rendre et ne doutait pas non plus que ses motivations amoureuses pour conquérir sa belle et lui offrir l'existence heureuse qu'elle méritait soient une excuse suffisante pour justifier son acte auprès du chef des ecclésiastiques qu'il savait bienveillant… Néanmoins, il se dépêchait, car il voulait retrouver le Saint-Graal de la *Reine Jeanne*, avant d'être rattrapé par les argousins du château.

Calendal s'enfuyait donc vers l'église de son village et alla quérir l'information qu'il cherchait auprès du bouillant prêcheur qu'il connaissait depuis son enfance. Ce dernier lui confia que seul le meunier du village pourrait lui donner la réponse à sa question, mais ne put lui en révéler davantage car ce qu'il savait lui avait été dit en confession. Il se rendit donc tout en haut de la colline, dans le moulin qui était le seul du pays dont les ailes tournaient toujours malgré la rude concurrence de la minoterie. Comment cela était-il possible ? Nul ne le savait. Et c'était là le *Secret de maître Cornille…*

Mais de secret, Maître Cornille n'en avait pas qu'un, puisque c'est lui qui détenait la fameuse *Coupo Santo*. Il accepta de la donner à *Calendal* en lui faisant promettre de ne dire à personne qu'il l'avait eue en sa possession après qu'une jeune fille de bonne famille la lui eut confiée. Notre héros promit tout ce que le meunier voulut et s'en retourna en direction du château, arborant fièrement l'objet sacré, et qui allait lui permettre enfin d'avouer au monde entier son amour pour sa belle *Manon des sources*, l'ancienne chevrière qu'il voulait rendre heureuse.

Une fois arrivé aux grilles du château, il brandit la *Coupo Santo* devant les gardes qui le firent immédiatement pénétrer dans la demeure seigneuriale et le menèrent voir la maîtresse des lieux. Mais quelle ne fut pas la surprise de *Calendal* de trouver, en grande conversation avec la châtelaine, non seulement sa cousine *Mirèio*, mais aussi sa chère *Manon des Sources*, désormais employée dans le mas de *Mirèio* où elle occupait une haute charge…

Calendal apprit donc que *Mirèio*, connaissant les tendres sentiments de son cousin pour celle qui était devenue sa nouvelle amie, avait orchestré ce vol, avec la complicité de la reine du pays, afin de pousser son cousin à se lancer dans une épopée pour conquérir sa belle et lui déclarer enfin ses sentiments.

Les amoureux se fiancèrent donc sur le champ ; la *Reine Jeanne* offrit, comme elle l'avait promis, une terre pour construire la maison qui abriterait les futurs époux.

Calendal, reconnaissant, voulut remercier tous ceux qui avaient participé à son bonheur. Celui qui bénéficia le plus particulièrement de sa gratitude fut Maître Cornille, dont il avait découvert le fameux secret lors de leur rencontre. Pendant que tous deux parlaient, *Calendal* avait bien vu que ce n'était pas du blé qui se trouvait dans les sacs que le meunier faisait apporter dans son moulin, mais du plâtre afin que tout le monde crût que son affaire allait encore bon train… Il demanda donc à la *Reine Jeanne* d'envoyer ses sacs de blé récoltés récemment sur les terres de son château au meunier, ce qu'elle fit faire séance tenante. Cette arrivée massive de blé fit pleurer de joie le meunier et lui permit de reprendre le cours normal de son activité.

Conséquence inattendue, par ricochet, l'essor de son activité donna un *Regain* au pays tout entier dans les différents secteurs d'activité agricole… Ainsi de nouveaux moulins à huile s'ouvrirent grâce aux *Olivades*, où furent ramassées d'abondantes récoltes ; la récole de la vigne devint aussi de plus en plus importante au cours des mois qui suivirent et donna du raisin en abondance pour la table de la *Reine Jeanne* et pour le pressoir mystique du *Révérend père Gaucher*…

Mais la cuve me semble pleine : adieu vendange ! Et voilà comment un enfant du pays, simple homme au cœur tendre, pour avoir été de Provence l'homme le plus vaillant, de Vence à Arles, devint Prince de Provence, possesseur d'une bastide et Consul de sa contrée[1].

---

[1] Ce passage correspond au dernier passage du livre *Calendau* de Frédéric Mistral, mais quelque peu modifié.

Le couvent de La Baisse.

Après un repas autour duquel nos quatre amis conversaient de littérature classique tout en dégustant une assiette de charcuterie, Monsieur Blond *se mit à palabrer et à deviser gaiement sur les livres, contes et autres poésies qu'il connaissait mêlant plaisirs de la chère et plaisirs de la chair (sujet inépuisable des auteurs depuis l'Antiquité, et qui fait souvent l'objet de longues conversations entre nos quatre mousquetaires).*

Il fit notamment référence aux vers de Térence selon lesquels « Sans Cérès et Bacchus, Vénus reste froide » *et à deux œuvres en particulier peu connues du grand public :* Le Tableau, *conte on ne peut plus licencieux de Jean de La Fontaine et* L'abbesse agonisante ou les saucissons d'Arles *écrit par Auguste Saint-Gilles*[1]).

C'est sur l'insistance de Félix Esquichefigue *et de Monsieur* Blond *que Maître* Chichi *s'est finalement décidé et a écrit ce court poème, qui fut ensuite récité dans le* Bar des gabians *par* Jobastre-Calu, *comme à son habitude...*

---

[1] Les textes originaux sont reproduits en annexe.

Dans un lointain couvent de Provence nommé La Baisse,
Vivaient des sœurs qui, dirigées par leur abbesse,
Pour les pauvres hères, préparaient une bouillabaisse,
Qui, on le sait, est cuite quand le bouillon baisse.

Leur ouvrage était réputé jusqu'à Oraison,
Où les habitants récitaient une oraison
Chaque année le jour de la fête votive,
Car, de cet endroit, l'abbesse était native.

Et avec toute une région qui les seconde,
Les habitants, dans une étourdissante faconde,
Pour leurs pauvres en demandaient une seconde,
Tout en remerciant les sœurs de leur besogne féconde.

Mais un jour l'un d'eux fut plus hardi.
Après maintes réflexions, il se dit : « Pardi !
Pourquoi ne pas profiter de l'occasion
Pour m'amuser un peu, et jouer les trublions ! »
Satisfait de son soliloque, il s'enhardit,
Et auprès des sœurs, se montra fort hardi.

À sa grande surprise, son audace fut payée
Par les nonettes qui n'étaient pas effarouchées.
Profitant de cette situation pendant quelques temps,
Il résolut de renouveler cet exploit très souvent.
Pendant des jours, il se rendit donc au couvent,
Afin d'y faire jouer au mieux son instrument.

Mais un jour l'une d'elle, Sœur Raison,
Voyant de loin arriver le fameux polisson,
Se dit « Voilà bien des ennuis à l'horizon !
Il faut que je lui fasse entendre raison ! »

Le sacripant l'aborda ainsi : « Sauvez-moi, en m'offrant de
M'aimer dans mon malheur ! Seules ou en bande
Chacune de vos sœurs, d'une générosité très grande,
De son corps, me fit une véritable offrande ! ».

Mais d'une telle offrande Sœur Raison n'avait cure.
Pour elle, donner son corps était un immense plaisir
Mais avec un si insistant coquin c'eût été plus qu'un déplaisir…
Aussi, elle lui cassa simplement les os en mille et une
fractures…

La chute de ce court poème peut paraître surprenante mais a une morale digne des Fables *de Jean de La Fontaine. Un jour où nos quatre amis devaient se rencontrer pour discuter justement de la fin à donner à cette histoire que Maître* Chichi *avait du mal à trouver, Félix* Esquichefigue, *pourtant toujours ponctuel, était arrivé en retard.*

Sur le chemin, il avait été témoin d'une scène où il avait vu une espèce de bordille *de* frotadou *serrant de beaucoup trop près une jeune femme. Malgré la demande de celle-ci de cesser, il tentait de la* chasper. *Félix* Esquichefigue *s'était donc approché et avait dit au malotru de cesser immédiatement. Et au même moment, la jeune femme, à bout, car une main s'était aventurée trop loin, cessa de dialoguer et lui donna la leçon qu'il méritait à coups de poings et de pieds sur tout le corps et particulièrement dans un endroit stratégique.*

Les quatre amis décidèrent de rendre hommage à la jeune femme et dirent qu'il était de leur devoir de prévenir contre ce genre de bordilles.

Lettre de *Massalia* à la Grèce

Voici le dernier texte que je vous présente. Contrairement aux précédents, il n'a pas été écrit par Maître Chichi, mais par votre humble serviteur.

En effet, au bout de quelques rencontres avec nos quatre collègues, ceux-ci ont voulu tester mon aptitude et ma capacité à être intégrée de façon ferme et définitive à leur petit groupe.

L'enjeu était de taille, vous en conviendrez, et je n'avais surtout aucune envie de les décevoir.

Je pris donc le parti de me lancer dans le style épistolaire et de rédiger une lettre dont l'auteur serait la ville de Marseille elle-même, parlant d'une l'époque où elle s'appelait encore Massalia, et écrite à l'attention à son aïeule, la Grèce.

Ce fut pour moi l'occasion de revenir sur la légende de la formation de Marseille, avec le mariage entre Gyptis et Protis.

Un parti-pris tout féminin, me direz-vous ? Certes. J'en conviens et n'ai nullement l'intention de le nier. Mais, après tout, l'une des raisons de mon intégration dans ce groupe n'est-elle justement pas ma touche toute féminine ?

Marseille,
sur les bords du Lacydon,
un jour de printemps,
en l'an de grâce 2019

« Ma très chère lointaine parente et aïeule,

C'est avec beaucoup de nostalgie que je t'écris aujourd'hui – à mon âge avancé, ce sont des choses qui arrivent fréquemment… Cela fait tellement longtemps que nous entretenons des rapports cordiaux et que nos échanges perdurent.

C'est grâce à toi que je suis née. Toi qui, il y a environ 2 600 ans maintenant, m'envoyais tes courageux et vaillants enfants.

Ah ! Je m'en souviens encore ! Je me rappelle parfaitement de ces Grecs venus d'Asie Mineure, de ces Phocéens arrivés de chez toi par la mer ! Que de souvenirs heureux ce furent pour nous tous !

C'était tellement magnifique qu'une très belle légende sur ma fondation est née : celle de l'envoûtante Gyptis et du beau Protis.

Rappelle-toi de mes premières lettres dans lesquelles je te la racontais. C'est une belle histoire. Une belle histoire d'amour. Une vraie et merveilleuse histoire d'amour, comme on en voit très rarement, et digne des plus beaux contes de fées. Cendrillon, la Belle aux bois dormant et toutes ces princesses réelles ou imaginaires, de tous temps et de tous lieux, j'en suis certaine, n'ont pas vécu plus bel amour, de plus durable ni de plus vrai et sincère que celui-ci.

Et je me suis d'ailleurs toujours demandé si ce n'est pas ce mythe de Gyptis et Protis qui serait à l'origine de l'expression qui dit que l'homme propose mais que la femme dispose...

Je ne me lasse jamais de raconter leur rencontre et leur vie, alors une fois de plus, je te la narre. Certes, il est vrai que je rabâche quelque peu, mais c'est, dit-on, un des privilèges de l'âge...

Quelle belle légende, disais-je donc, que celle de cette magnifique princesse autochtone du peuple des Ségobriges : Gyptis. Son père, le roi Nanos, eut l'heureuse idée d'inviter le séduisant marin Protis aux noces de sa fille. Et quel heureux hasard aussi – si tant est que le hasard existe et qu'il ne s'agit pas de Dieu se baladant *incognito* comme le supputait Albert Einstein – que, selon la tradition locale, la princesse dût choisir son époux le jour de son mariage...

Je revois encore clairement la scène : la jolie Gyptis se trouvait au milieu de toute l'assemblée réunie. Elle scrutait les visages et jaugeait tous les hommes présents qui espéraient l'épouser. Pendant cet examen minutieux, elle prit son temps, réfléchit et s'interrogeait sur le choix qu'elle avait à faire. Celui-ci était délicat. Il ne fallait certes pas prendre les choses à la légère…

C'est alors que ses yeux se portèrent sur Protis et que leurs regards se croisèrent pour la première fois ; ce fut un véritable coup de foudre réciproque qui bouleversa leurs cœurs. Sans qu'il réalise vraiment ce qu'il faisait, Protis s'avança vers Gyptis, attiré par elle comme par un aimant ; il ne pouvait faire autrement. C'était plus fort que lui. Quand il fut devant Gyptis, elle n'eut plus de doute et, contre toute attente, au lieu d'offrir à l'un de ses très nombreux prétendants la coupe remplie d'eau destinée à indiquer celui qu'elle choisissait comme époux, voilà que la gracieuse Gyptis tendit celle-ci au beau Protis, signifiant ainsi son choix à tout le monde…

C'était inattendu, surprenant et imprévisible. Alors que tant d'autres la courtisaient, c'est lui qu'elle choisit, sans aucune équivoque possible et sans aucune hésitation.

Et cela fait maintenant plus de 2 600 ans, presque une éternité pour certains, que Gyptis et Protis sont mariés et extrêmement heureux en ménage.

Quelle est magnifique cette histoire d'amour ! Comme je te le disais, je ne me lasse jamais de la raconter… C'est comme cela que je suis née et je suis un enfant de l'amour… Le fruit de leur amour. Combien d'autres villes peuvent en dire autant ?

De nombreuses personnes sont nées sur mon sol après leur mariage. Et certaines furent réputées. Rappelle-toi encore, ma très chère parente quand, dans mes lettres, je te relatais les exploits d'Euthymènes et de Pythéas ! Je me souviens encore comme si c'était hier des jours heureux où ces glorieux et aventureux Massaliotes partirent de par le monde découvrir de nouveaux horizons. Le premier explora les côtes de l'Afrique, le second les mers du nord de l'Europe… C'était un véritable âge d'or. Tout cela n'aurait jamais pu arriver si tu n'avais pas d'abord envoyé tes enfants de Phocée…

Eh oui ! Que d'heureux souvenirs qui, malheureusement, me rappellent que je ne suis plus si jeune, même si j'ai gardé mon âme d'enfant, ma ferveur et ma passion.

Et je m'aperçois, ma très chère parente et aïeule que, sur toi aussi, le temps a également fait son œuvre. Pardonne-moi cette critique, mais ton discernement n'est plus ce qu'il était. Je l'avais bien un peu remarqué ces derniers temps, mais j'en ai eu récemment la preuve flagrante…

Celui que tu nous as envoyé dernièrement n'est pas le bienvenu. Moi qui suis si chaleureuse, si accueillante, si ouverte sur le monde, si tolérante dans les différences, je n'en veux pas. Ici personne n'en veut. D'ailleurs, entends-tu gronder les Marseillais ? Ils sifflent, ils crient, ils s'insurgent et le conspuent ! Entends leur désarroi. Entends leur colère. Elle est si forte qu'elle doit parvenir jusqu'à toi et résonner à tes oreilles…

Comment, ma chère parente – toi qui jadis nous as envoyé les plus valeureux et les meilleurs de tes enfants – comment, dis-je, as-tu pu aujourd'hui nous envoyer… Kostas Mitroglou ?

C'est sur cette réflexion que je te laisse.

Je reste, malgré tout, ton affectueuse et aimée,

Massalia. »

La lecture de mon texte fut faite devant mes yeux par chacun de nos quatre amis. Imaginez-donc un peu mon angoisse pendant ces quelques minutes qui m'ont paru une éternité et durant lesquelles j'attendais, suspendue à leur décision ! Après lecture donc, ils m'ont finalement déclarée - à l'unanimité et à ma plus grande fierté - aussi jobastre *qu'eux...*

Une grande, somptueuse et protocolaire cérémonie a officiellement confirmé mon intégration au sein de leur groupe et je fus proclamée cinquième mousquetaire pagnolesque (ils ont fini par adopter le surnom littéraire dont je les avais affublés).

À la fin du plantureux festin – bien évidemment provençal - qui a fêté mon intégration à la bande de joyeux drilles et mon nouveau statut, ils ont aussi décidé de me donner un surnom car, ont-ils dit, il n'était pas juste que tous en aient un sauf moi.

Ils sont à ce jour, et depuis quelques temps déjà, en pleine réflexion…

J'en suis certes extrêmement flattée, mais tout à fait entre nous : je crains le pire…

Annexes

Edmond ROSTAND, *Cyrano de Bergerac*, 1897.
(acte I, scène 4)

Ah ! non ! C'est un peu court, jeune homme !
On pouvait dire... Oh ! Dieu !... bien des choses en somme
En variant le ton, par exemple, tenez :

Agressif : Moi, Monsieur, si j'avais un tel nez,
Il faudrait sur-le-champ que je me l'amputasse !

Amical : Mais il doit tremper dans votre tasse !
Pour boire, faites-vous fabriquer un hanap !

Descriptif : C'est un roc ! C'est un pic ! C'est un cap !
Que dis-je, c'est un cap ? C'est une péninsule !

Curieux : De quoi sert cette oblongue capsule ?
D'écritoire, Monsieur, ou de boite à ciseaux ?

Gracieux : Aimez-vous à ce point les oiseaux
Que paternellement vous vous préoccupâtes
De tendre ce perchoir à leurs petites pattes ?

Truculent : Ça, Monsieur, lorsque vous pétunez,
La vapeur du tabac vous sort-elle du nez
Sans qu'un voisin ne crie au feu de cheminée ?

Prévenant : Gardez-vous, votre tête entrainée
Par ce poids, de tomber en avant sur le sol !

Tendre : Faites-lui faire un petit parasol
De peur que sa couleur au soleil ne se fane !

Pédant : L'animal seul, Monsieur, qu'Aristophane
Appelle Hippocampelephantocamelos
Dut avoir sous le front tant de chair sur tant d'os !

Cavalier : Quoi, l'ami, ce croc est à la mode ?
Pour pendre son chapeau, c'est vraiment très commode !

Emphatique : Aucun vent ne peut, nez magistral,
T'enrhumer tout entier, excepté le mistral !

Dramatique : C'est la Mer Rouge quand il saigne !

Admiratif : Pour un parfumeur, quelle enseigne !

Lyrique : Est-ce une conque, êtes-vous un triton ?

Naïf : Ce monument, quand le visite-t-on ?

Respectueux : Souffrez, Monsieur, qu'on vous salue,
C'est là ce qui s'appelle avoir pignon sur rue !

Campagnard : He, ardé ! C'est-y un nez ? Nanain !
C'est queuqu'navet géant ou ben queuqu''melon nain !

Militaire : Pointez contre cavalerie !

Pratique : Voulez-vous le mettre en loterie ?
Assurément, Monsieur, ce sera le gros lot !

Enfin, parodiant Pyrame en un sanglot :
Le voilà donc ce nez qui des traits de son maître
A détruit l'harmonie ! Il en rougit, le traître !

Voilà ce qu'à peu près, mon cher, vous m'auriez dit
Si vous aviez un peu de lettres et d'esprit :
Mais d'esprit, ô le plus lamentable des êtres,
Vous n'en eûtes jamais un atome, et de lettres
Vous n'avez que les trois qui forment le mot : sot !

Eussiez-vous eu, d'ailleurs, l'invention qu'il faut
Pour pouvoir là, devant ces nobles galeries,
Me servir toutes ces folles plaisanteries,
Que vous n'en eussiez pas articulé le quart
De la moitié du commencement d'une, car
Je me les sers moi-même, avec assez de verve
Mais je ne permets pas qu'un autre me les serve.

Jean de La Fontaine, *Le Tableau*,
in *Contes*, seconde moitié du XVIIème siècle

On m'engage à conter d'une maniere honneste
Le sujet d'un de ces tab
Sur lesquels on met des rideaux ;
Il me faut tirer de ma teste
Nombre de traits nouveaux, piquans et delicats,
Qui disent et ne disent pas,
Et qui soient entendus sans notes
Des Agnés mesme les plus sottes.
Ce n'est pas coucher gros ; ces extremes Agnés
Sont oiseaux qu'on ne vit jamais.
Toute Matrône sage, a ce que dit Catule,
Regarde volontiers le gigantesque don
Fait au fruit de Vénus par la main de Junon ;
A ce plaisant objet si quelqu'une recule,
Cette quelqu'une dissimule.
Ce principe posé, pourquoy plus de scrupule,
Pourquoy moins de licence aux oreilles qu'aux yeux ?
Puisqu'on le veut ainsi, je feray de mon mieux :
Nuls traits à découvert n'auront icy de place ;
Tout y sera voilé, mais de gaze, et si bien,
Que je crois qu'on n'en perdra rien.
Qui pense finement et s'exprime avec grace
Fait tout passer, car tout passe ;
Je l'ay cent fois éprouvé :
Quand le mot est bien trouvé,

Le sexe, en sa faveur, à la chose pardonne :
Ce n'est plus elle alors, c'est elle encor pourtant ;
Vous ne faites rougir personne,
Et tout le monde vous entend.
J'ay besoin aujourd'huy de cet art important.
Pourquoy ? me dira-t-on, puisque sur ces merveilles
Le sexe porte l'œil sans toutes ces façons.
Je réponds à cela : Chastes sont ses oreilles,
Encor que les yeux soient fripons.
Je veux, quoy qu'il en soit, expliquer à des belles
Cette chaise rompuë, et ce rustre tombé.
Muses, venez m'ayder ; mais vous estes pucelles,
Au joly jeu d'amour ne sçachant A ny B :
Muses, ne bougez donc ; seulement par bonté
Dites au Dieu des vers que dans mon entreprise
Il est bon qu'il me favorise,
Et de mes mots fasse le choix,
Ou je diray quelque sotise
Qui me fera donner du busque sur les doigts.
C'est assez raisonner ; venons à la peinture :
Elle contient une avanture
Arrivée au pays d'Amours.

Jadis la ville de Citere
Avoit en l'un de ses faux-bourgs
Un Monastere ;
Venus en fit un Séminaire.
Il estoit de Nonains, et je puis dire ainsi
Qu'il estoit de galans aussi.
En ce lieu hantoient d'ordinaire

Gens de Cour, Gens de Ville, et Sacrificateurs,
Et Docteurs,
Et Bacheliers sur tout. Un de ce dernier ordre
Passoit dans la maison pour estre des Amis.
Propre, toûjours razé, bien-disant, et beau-fils,
Sur son chapeau luisant, sur son rabat bien mis,
La médisance n'eust sceu mordre.
Ce qu'il avoit de plus charmant,
C'est que deux des Nonains alternativement
En tiroient maint et maint service.
L'une n'avoit quité les atours de Novice
Que depuis quelques mois ; l'autre encor les portoit.
La moins jeune à peine contoit
Un an entier par dessus seize :
Aage propre à soutenir these,
These d'amour : le Bachelier
Leur avoit rendu familier
Chaque poinct de cette science,
Et le tout par experience.

Une assignation pleine d'impatience
Fut un jour par les sœurs donnée à cet Amant ;
Et, pour rendre complet le divertissement,
Bacchus avec Cérés, de qui la compagnie
Met Venus en train bien souvent,
Devoient estre ce coup de la cérémonie.
Propreté toucha seule aux apprets du régal ;
Elle sceut s'en tirer avec beaucoup de grace :
Tout passa par ses mains, et le vin et la glace,
Et les caraffes de cristal ;

On s'y seroit miré. Flore à l'haleine d'ambre
Sema de fleurs toute la chambre ;
Elle en fit un jardin. Sur le linge, ces fleurs
Formoient des las d'amour, et le chifre des sœurs,
Leurs Cloistrieres excellences
Aimoient fort ces magnificences :
C'est un plaisir de None. Au reste, leur beauté
Aiguisoit l'appetit aussi de son costé.
Mille secrettes circonstances
De leurs corps polis et charmans
Augmentoient l'ardeur des Amans.
Leur taille estoit presque semblable ;
Blancheur, delicatesse, embonpoint raisonnable,
Fermeté ; tout charmoit, tout estoit fait au tour.
En mille endroits nichoit l'amour :
Sous une guimpe, un voile, et sous un scapulaire,
Sous ceci, sous cela que void peu l'œil du jour,
Si celuy du galant ne l'appelle au mistere.

A ces sœurs l'enfant de Cytere
Mille fois le jour s'en venoit
Les bras ouverts, et les prenoit
L'une aprés l'autre pour sa mère.
Tel ce couple attendoit le Bachelier trop lent ;
Et de luy, tout en l'attendant,
Elles disoient du mal, puis du bien ; puis les belles
Imputoient son retardement
A quelques amitiez nouvelles.
Qui peut le retenir ? disoit l'une ; est-ce amour ?
Est-ce affaire ? Est-ce maladie ?

Qu'il y revienne de sa vie,
Disoit l'autre ; il aura son tour.
Tandis qu'elles cherchoient là dessous du mystere,
Passe un Mazet portant à la dépositaire
Certain fardeau peu necessaire :
Ce n'estoit qu'un prétexte ; et, selon qu'on m'a dit,
Cette dépositaire, ayant grand appetit,
Faisoit sa portion des talens de ce Rustre,
Tenu, dans tels repas, pour un traiteur illustre.
Le coquin, lourd d'ailleurs, et de trés court esprit,
A la cellule se méprit ;
Il alla chez les attendantes
Fraper avec ses mains pesantes,
On ouvre, on est surpris, on le maudit d'abord,
Puis on void que c'est un tresor.
Les Nonains s'éclatent de rire.
Toutes deux commencent à dire,
Comme si toutes deux s'étoient donné le mot :
Servons nous de ce maistre sot ;
Il vaut bien l'autre ; que t'en semble ?
La Professe ajoûta : C'est trés bien avisé.
Qu'atendions-nous ici ? Qu'il nous fût debité
De beaux discours ? Non, non, ny rien qui leur ressemble.
Ce pitaut doit valoir, pour le poinct souhaité,
Bachelier et Docteur ensemble.
Elle en jugeoit trés-bien : la taille du garçon,
Sa simplicité, sa façon,
Et le peu d'interest qu'en tout il sembloit prendre,
Faisoient de luy beaucoup attendre.

C'estoit l'homme d'Esope ; il ne songeoit à rien ;
Mais il buvoit et mangeoit bien ;
Et, si Xantus l'eust laissé faire,
Il auroit poussé loin l'affaire.
Ainsi, bientost apprivoisé,
Il se trouva tout-disposé
Pour executer sans remise
Les ordres des Nonains, les servant à leur guise
Dans son office de Mazet,
Dont il luy fut donné par les sœurs un brévet.
Icy la peinture commence :
Nous voilà parvenus au poinct.

Dieu des vers, ne me quite point ;
J'ay recours à ton assistance.
Dy moy pourquoy ce Rustre assis,
Sans peine de sa part, et trés-fort à son aise,
Laisse le soin de tout aux amoureux soucis
De sœur Claude et de sœur Terese.
N'auroit-il pas mieux fait de leur donner la chaise ?
Il me semble des-ja que je vois Apollon
Qui me dit : Tout beau ! ces matieres
A fonds ne s'examinent gueres.
J'entends ; et l'amour est un étrange garçon ;
J'ay tort d'ériger un fripon
En Maistre de ceremonies.
Dés qu'il entre en une maison,
Regles et loix en sont bannies ;
Sa fantaisie est sa raison.

Le voila qui rompt tout : c'est assez sa coûtume :
Ses jeux sont violens. A terre on vid bien tost
Le galand Catedral. Ou soit par le défaut
De la chaise un peu foible, ou soit que du pitaud
Le corps ne fust pas fait de plume,
Ou soit que sœur Terese eust chargé d'action
Son discours véhément et plein d'émotion,
On entendit craquer l'amoureuse tribune :
Le Rustre tombe à terre en cette occasion.
Ce premier poinct eut par fortune
Malheureuse conclusion.

Censeurs, n'aprochez point d'icy vostre œil prophane,
Vous, gens de bien, voyez comme sœur Claude mit
Un tel incident à profit.
Terese en ce malheur perdit la tramontane :
Claude la débusqua, s'emparant du timon.
Terese, pire qu'un demon,
Tasche à la retirer, et se remettre au trosne ;
Mais celle-cy n'est pas personne
A ceder un poste si doux.
Sœur Claude, prenez garde à vous ;
Terese en veut venir aux coups :
Elle a le poing levé. Qu'elle ayt. C'est bien répondre :
Quiconque est occupé comme vous ne sent rien.
Je ne m'étonne pas que vous sçachiez confondre
Un petit mal dans un grand bien.
Malgré la colere marquée
Sur le front de la débusquée,
Claude suit son chemin ; le Rustre aussi le sien

Terese est mal contante, et gronde.
Les plaisirs de Venus sont sources de debats ;
Leur fureur n'a point de seconde :
J'en prens à tesmoin les combats
Qu'on vid sur la terre et sur l'onde,
Lorsque Paris à Menelas
Osta la merveille du monde.

Qu'un Pitaut faisant naistre un aussi grand procés
Tinst icy lieu d'Helene, une foy sans excés
Le peut croire, et fort bien ; troublez None en sa joye
Vous verrez la guerre de Troye.
Quoy que Bellone ayt part icy,
J'y vois peu de corps de cuirasse ;
Dame Venus se couvre ainsi
Quand elle entre en champ clos avec le Dieu de Trace.
Cette armure a beaucoup de grace.
Belles, vous m'entendez ; je n'en diray pas plus :
L'habit de guerre de Venus
Est plein de choses admirables !
Les Ciclopes aux membres nus
Forgent peu de harnois qui lui soient comparables ;
Celuy du preux Achille auroit esté plus beau,
Si Vulcan eust dessus gravé nostre tableau.
Or ay-je des Nonains mis en vers l'avanture,
Mais non avec des traits dignes de l'action ;
Et comme celle-cy déchet dans la peinture,
La peinture déchet dans ma description.

Les mots et les couleurs ne sont choses pareilles ;
Ny les yeux ne sont les oreilles.
J'ay laissé long-temps au filet
Sœur Terese la détrônée :
Elle eut son tour ; nostre mazet
Partagea si bien sa journée
Que chacun fut content. L'histoire finit là ;
Du festin pas un mot. Je veux croire, et pour cause,
Que l'on but et que l'on mangea ;
Ce fut l'intermede et la pose.
Enfin tout alla bien, horsmis qu'en bonne foy
L'heure du rendez-vous m'enbarasse. Et pourquoy ?
Si l'Amant ne vint pas, sœur Claude et sœur Terese
Eurent à tout le moins dequoy se consoler ;
S'il vint, on sceut cacher le lourdaut et la chaise ;
L'Amant trouva bien tost encor à qui parler.

Auguste Saint-Gilles, *L'abbesse agonisante ou les saucissons d'Arles.*

in *Chansons*, tome I, 1834.

Sur l'air « Cet arbre apporté de Provence »

« Le couvent de l'Annonciade,
Dans Arles, depuis quatre mois,
Avait son abbesse malade ;
On la voyait presque aux abois.
Toutes les nonnes suppliantes,
Soir et matin, en oraison,
Faisaient des prières ferventes
Pour obtenir sa guérison.
Mais c'est en vain qu'on sollicite
Tous les protecteurs du couvent ;
De jour en jour le mal s'irrite,
Et tout espoir est décevant.
Jadis, les saints les plus vulgaires
Faisaient des miracles sans fin ;
Aujourd'hui nos missionnaires
Y perdent même leur latin.
Pour un mécréant hérétique,
La mort est un objet hideux ;
Mais, pour un zélé catholique,

Son aspect n'a rien de fâcheux.
L'un, en mourant sans prévoyance,
Sur son sort doit être indécis ;
Au moyen de la pénitence,
L'autre est certain du Paradis.
La malade a, de l'huile sainte,
Reçu le frottement benin.

Se voyant hors de toute atteinte
De la part de l'esprit malin :
« Faites trève à vos pleurs », dit-elle,
« Et devisez joyeusement ;
Mes sœurs, pour la gloire éternelle,
Faites-moi partir plus gaîment. »
Sœur Thérèse, dont l'auditoire,
Admire l'érudition,
Par des traits puisés dans l'histoire,
Charme la conversation.
Sœur Claire, qui se recommande
Par son ton gai, son air lutin,
Cite un conte de la Légende
Qu'on croirait pris de l'Arétin.
Sur tous les saucissons du monde,
Ceux d'Arle ont toujours eu le pas ;
Hors les jours maigres, sœur Ragonde
En mangeait à tous ses repas.
De ses amours la bonne dame
Se plaisait à s'entretenir ;
C'est un faible ; et tel qui le blâme
N'a jamais pu s'en garantir.

La nonne met, avec adresse,
Les saucissons sur le tapis,
Et, sur l'objet qui l'intéresse,
Interpelle tous les avis.
De leur qualité, sœur Christine
Fait un judicieux détail.
Pour les poivrés, sœur Barbe incline ;
Et sœur Jeanne, pour ceux à l'ail.
De leur forme, enfin, l'on s'occupe.
Sœur Modeste vante les courts ;
Mais sœur Anne, qui n'est pas dupe,
Trouve les longs d'un grand recours.
« Quant à moi » (dit la sœur Nitouche,
En baissant aussitôt les yeux,
Et faisant la petite bouche),
« Les petits me conviennent mieux. »
La discussion était vive,
Quand l'abbesse la termina
Par l'assurance positive
Que son ascendant lui donna...
« Mes sœurs, cessez d'être en balance,
Au moment d'avoir les yeux clos,
Je dois vous dire, en conscience,
Que les meilleurs sont les plus gros. »

L'auteur

Sandrine Krikorian est docteur en Histoire de l'Art et guide conférencière.

Elle a publié plusieurs ouvrages scientifiques dont *Tables des riches, Tables du peuple. Gastronomies et traditions culinaires en Provence du Moyen-Âge à nos jours* qui a obtenu le prix Monsieur et Madame Amphoux de l'Académie des Sciences, Lettres et Arts de Marseille en 2014.

Passionnée par la littérature et l'écriture depuis toujours, elle publie désormais également une prose plus inventive.

Après un premier roman humoristique prenant la forme d'un blog intitulé *Faites une thèse qui disaient...*, elle édite un recueil d'histoires marseillaises et provençales.

Toutes les formes littéraires y passent : de la poésie à la nouvelle en passant par le théâtre, l'épopée lyrique ou le style épistolaire, elle rend hommage, à sa façon, aux auteurs de sa ville et de sa région natales chères à son coeur...

Table des matières

Rencontre avec les quatre mousquetaires pagnolesques..6

Les 9 commandements des Marseillais...............16

Les 9 commandements du supporter marseillais.. 19

Le nez de Cyrano « à la sauce provençale »......22

L'histoire du *papet*... 29

La nouvelle épopée de *Calendau* ou Éloge épique à la littérature provençale.................................. 36

Le couvent de La Baisse...................................... 47

Lettre de *Massalia* à la Grèce............................50

Annexes... 58

  Edmond Rostand, *Cyrano de Bergerac*.......59
  Jean de La Fontaine, *Le Tableau*................. 62
  Auguste Saint-Gilles, *L'abbesse agonisante ou les saucissons d'Arles*.. 71

L'auteur..74

Table des matières..76

Imprimé par :

BoD

Adresse siège social
Books on Demand GmbH
In de Tarpen 42
22848 Norderstedt, Allemagne

Adresse en france
Books on Demand
12/14 rond-point des Champs-Élysées
75008 Paris

Dépôt légal : décembre 2020